심장 태엽

배정이 제6시집

시음사
시사랑음악사랑

심장을 뛰게 하는 시인 배정이

사람의 심장에 태엽이 있다면 얼마나 좋을까 하는 기대감 그리고, 사랑에도 태엽이 있다면 하는 추상적인 상상을 하게 만드는 제호에서 표현하듯 배정이 시인은 자신의 삶을 형상화 하고, 그러면서도 선명한 이미지를 지닌 시로 합리적인 것과 분명하고 솔직한 시인만의 창작의 기법을 보여주고 있다. 또한 신비적이고 그윽한 것을 통해 영원하고 절대적인 인간의 내면까지도 그리면서 사랑과 인생을 적절히 섞어놓은 이야기들을 시로 승화시켜 놓는 재주가 있는 배정이 시인을 만나보자

누구나 자신이 좋아하는 사람이나 사물을 보면 심장이 뛴다는 표현을 하는데 이번 배정이 시인의 여섯 번째 시집의 제호와 이미지를 보면서 심장이 뛴다. 이유는 시집에 수록된 작품들이 하나의 단일한 사조가 아니라 새로운 시도와 관점 등을 적절히 사용하면서 현대 詩 창작을 묶어 놓은 작품을 볼 수 있기 때문일 것이다. 섬세하고 미묘한 상징들로 엮어 암시적인 분위기보다는 현실적인 표현 기법을 많이 사용해 언어의 신비로운 움직임을 표현하는 데 적합하면서도 자유로운 리듬감으로 詩作을 보여 주고 있기 때문이기도 하다.

나는 우주에 절대적인 존재가 될 수 있다는 자신감을 보여주는 작품들 어떤 무엇인가를 이루려는 의지 그리고 결심, 행동으로 옮길 줄 아는 사람 그런 사람이 진정 자신의 존재감에 의해 심장을 뛰게 하듯 배정이 시인의 작품으로 많은 독자가 심장이 뛰기를 기원 해본다.

사단법인 창작문학예술인협의회 이사장 김락호

심장 태엽

독수리가 찢고 쪼아대서 폐허가 된 고독한 심장은

세월의 붉은 날갯짓으로 심장 태엽을 감는다.

삶

봄 축제가 이 땅에 열린다.

꽃향기 하나로 굶주린 영혼은 채워간다.

시인 **배정이**

목차 1

목차 2

목차 3

목차 4

시집가야지

시집가야지
꽃 봄에게

겨울 울타리
새 볕이 녹여

시집가야지
향기 품으러

바람 가마에
마음 싣고서

들풀 비치는
개울을 지나

시집가야지
꽃 봄에게.

잘생긴 하늘

당신은 왜 이렇게 잘 생겼어요
쳐다보면 눈이 부시네요

파란 미소로 유혹하지 마세요
괜스레 내 가슴이 설레잖아요

당신은
만인의 공평한 애인이자 친구이지

절대적으로
나 하나만의 사랑은 아니잖아요

그러니 크나큰 우주의 눈망울로
어설피 내 마음 빼앗지 마세요.

해님은 귀여운 장난꾸러기

해님은 귀여운 장난꾸러기
밤새 잠만 콜콜 잘 자고서
아침에 뾰로통한 표정이다

해님이 생글생글 웃어주면
나무의 새들도 소풍을 가고
꽃과 나비도 춤을 출 텐데

해님은 우리 마음 알면서도
괜히 모른 척 시치미 떼고
찡그린 표정으로 장난친다.

아이처럼 살고 있다

수박화채를 달콤하게 먹으면서
인물 스케치하고
벨트 마사지를 시원하게 하면서
리모컨을 여기저기 눌러본다

헝클어진 무질서가 그리워
질서에 사로잡혀 있는 현실을
온전히 벗어나
철없는 아이처럼 살고 있다

흐르는 시간과 나이를 잊고
밤낮없이 하품 하면서
불후의 명작 영화를 다시 보고
마음껏 웃는 날들이 즐겁다

깍듯한 체면치레를 벗어나
생각이 마음을 자유롭게 하고
바람에 날리는 풍선 인형처럼
나풀나풀 나부껴 살아서 행복하다.

손가락 화분

유리창에 손가락을 펼치면
다섯 손가락 사이사이에
오목조목한 화분이 있어요

맑고 파란 하늘 이파리에
벚꽃 나비 사르르 날아와
봄 화분이 환하게 보여요.

봄님의 유혹

사랑하자
사랑하자
우리 까무러치도록
기쁘게 사랑하자고
봄님이 나를 유혹한다

바람둥이
욕심쟁이
아무 일도 할 수 없이
마음만 들뜨게 해놓고

소리 없이
저 앞산을 넘으려면서

화사하고
아름답게
진정 사랑다운 사랑으로
흐드러지게 만개하자고
봄님이 나를 유혹한다.

시소 타기

간혹 정해진 삶에 지쳐가고
무척 외롭다고 느껴질 때는

내 안에 있는 놀이동산에서
기다란 시소 타기를 합니다

오르락내리락
덜커덩 덜커덩

의미 없이 꼬질꼬질한 습성과
판에 박힌 고난의 덫을 벗으려고

오르락내리락
덜커덩 덜커덩

또 다른 시작과 균형을 맞추어
해가 저물도록 희망을 탑니다.

지독한 방해꾼

당신아
바보 같은 당신아
한 번쯤은
내 부탁을 거절하지 그랬어

두 눈을 꼭 감고
독하게 마음먹고
거센 물살처럼
당신 뜻대로 나를 길들이지 그랬어

새벽 찬바람에 옷깃은 여며지는데
땅콩 초코바가 생각나고
단팥죽이 먹고 싶다고 하면

무조건
그래, 알았어. 하고
손끝 발끝으로 챙겨주는 당신아

출근 시간이 다가와도
당신 신발 내 등 뒤에 감추고

조금만 더 같이 있자고 조르는 나는
당신 삶에
지독한 방해꾼이 되어버렸다.

노랑 개나리꽃

봄의 첫째둥이
고운 낯의
노랑 개나리꽃

활짝 핀 미소로
동네 담장에
요술 벽화 그린다

빨리빨리 잰걸음도
한걸음 늦추고
황금빛을 안으라고

활짝 핀 미소로
우리 동네에
희망의 빛을 그린다.

예쁘다는 칭찬

예쁘다는 칭찬은
장미 백송이 보다
감동을 듬뿍 받고
향기도 오래 간다

거울속의 내 모습
예전 같지 않아서
늦가을 풍경처럼
퇴색되는 잎인데

예쁘다는 칭찬에
봄날 꽃의 요정이
뜰에 꽃을 가꾸듯
내 얼굴을 가꾼다.

벌거벗은 남녀

한 남자가 모든 것을 벌거벗습니다
에덴동산의 아담처럼 벌거벗습니다

섬유냄새가 나는 거짓의 옷을 벗고
자연 향기 그대로 진실을 보입니다

그간 뼈저리게 살아온 삶의 살점을
담담하게 털어내고 있는 진실 앞에

오만 방자함이 몸에 가득한 여자가
에덴동산의 이브처럼 벌거벗습니다

한 남자의 진솔한 마음이 아름다워
허울 좋은 여자의 오만을 벗습니다.

만첩홍도

복사꽃은 어쩌자고 저리도 붉은가
잎새달 한가운데 떡하니 자리하고
청춘의 정열처럼 뜨겁게 타오른다

사흘이 멀다고 찾아드는 귀신바람은
몰랑한 줄기가 이지러지고 퇴색하도록
누런 모래 달고 성난 채찍을 가해도

꽃잎은 붉은색으로 겹겹이 피어나서
백지 같은 무색 노을의 공기를 뚫고
눈부시게 카랑한 핏빛으로 물들인다.

몽돌

비릿한
새벽 댓바람이
얼굴을
휘두르고 지난다

시퍼렇게
질주하는 폭풍이
거품을 일으키며
사지를
회오리쳐 지난다

한 조각의 몸
어둠에 잠긴다

모나지 않게
다시 태어나려고
바다에 잠긴다.

은행잎 보조개

초록 은행잎은
햇살이 징검다리 놓아
실금 말갛게
보조개를 보인다

입술을 깨물어도
저만치 가는
세월의 그리움은

못내 아쉬워
섧은 아픔인데

은행잎 보조개에 꽃 핀다
바람새 지저귐에 꽃이 핀다.

보리 가시랭이

깔끄러운 보리 가시랭이
바람에 묻혀 날아가리라

꽃새도 스치지 아니하고
풀섶도 맴돌지 아니하고

산골짜기 여울에 닿으면
흐르는 물에 놓여가리라

아프다 성내지 아니하는
보드란 물에 놓여가리라.

누에고치의 틀

세상이 말하는 세상 위에서
먼지 티끌도 공기 속에서 숨쉬며
제자리 찾으려고 하는데
내 존재는 얼마만큼의 비중을 차지할까요

일이 무기력해지고
권태증이 생기면
감당할 수 없는 한계에 도달하여
인간의 형체가 쓸모없게 느껴지고
중압감에 시달려 두려움이 몰려옵니다

불혹의 나이에
누에고치의 틀 안에서
의미로 뜻하는 바가 있어
꿈틀대는 고통을 인내하고

비단으로 펼쳐지는 삶이 아름답기에
맑은 희망으로 자신을 내보이며
누에고치 틀에서 날아오르려 합니다.

낙엽 나비떼

산이 부르는
가을 노래에

낙엽 나비떼
바람과 춤을 추다가

하늘빛 물에
쉬이 앉는다

떡잎 푸르던
지난 속삭임

잊지 못하는
낙엽 나비떼

물되어 흐르려나
무리로 흘러간다.

거짓말

죽도록 보고프다고
죽도록 그리웁다고
시시로 말하는 당신

진심인 마음 알지만
철부지 나여서 인지
간혹 믿기질 않아요

용기 없는 그 사랑은
내게 오지도 못하고

꿈만 꾸는 그 사랑은
나를 데려가지 않아

때론 속빈말 같아요
때론 거짓말 같아요.

애인과 원수(부부)

나는 당신에게
평생
꽃처럼 예쁜 애인이 되고 싶어

아침 이슬에
두 눈과 입술을 씻고
마음에서 향기가 나도록 합니다

어느 날 잠깐이라도
차갑게
등을 보이는 원수가 서러워

한쪽 귀는 닫고
세 치 혀를 조심해
심장의 온기가 퍼져 나오도록 합니다.

삼원색 시간

열린 햇살에 알토란같은 시간을
알뜰히 털어서
빨래 줄에 일렬로 널어봅니다

좀먹어 낡아 헤진 곳에
돌이킬 수 없는 흔적은
신선한 자극으로 탈색되어
내 시선을 붙잡고 맙니다

그 공간사이 시간이 배제된
원색의 또 다른 나열들이
새로운 감각의 희열로 옵니다

잠깐의 느낌들이
무의식의 하루 속에 섞여 있기에
쫓기다시피 달린 시간들

가만히 시선의 여유를 가져보면
공기와 바람의 마찰이 보입니다.

한 쌍의 백학

그대와 내가
여행을 떠나는 이 길이
하얗게 빛나는 행복입니다

해를 편하게 뉘고
달을 일으켜 세워
환상과 신비의 세계에서
별을 따먹으며 날아다닙니다

한 쌍의 맑은 백학이 되어
허세를 떨치고
마음의 수레에서
짐을 벗고 날아다닙니다

그대는 내 날개만을 위하여
나는 그대 날개만을 위하여
위로하며 비행하는 이 시간이
영원으로 이어졌으면 하는
잊을 수 없는 시간입니다

혹여나
그대 한쪽 날개에 상처를 입어
힘이 드는 날이 오면
나는 기꺼이
내 깃털을 뽑아 그대 주렵니다

그대가 가시리 가시리 하여도
보낸 후에
남아있는 아픔이 깊다는 것을 알기에
나는 처음처럼 마지막도 같이
한 쌍의 백학으로 오래오래 남으렵니다.

가면무도회

알몸으로 태어나 배내옷을 입고
오만가지 욕망의 세계와

어깨를 나란히 하기 위하여
가면무도회에 첫발을 내딛습니다

만남과 이별에 꽃바람 날리며
오체가 엉키도록 신명나는 사연도 있고

목젖에 걸리는 억새를 삼키려면
뜨거운 피눈물로 뼈가 녹을 때도 있습니다

자취도 없이 사라지는 혼에 냉혹하게 치어도
가시에 긁히는 작은 상처이길 바랄 때도 있습니다

이 세상에 보잘것없이 조그맣게 태어나서
가면무도회에 나서는 이 길에

이제는
행복에 겨워서 심장이 뛰는 곳에 눈을 뜨고
이유 없이 아프게 하는 갈등에는 눈을 감습니다

무명 한 벌 입고 떠나갈 때
살았다 할 것이 없다는 듯
타인의 수선스런 말은 두렵지 않은 양심으로

하늘과 산과 바다와 같은 내 하나의 사랑을 믿고
가면무도회에서 정열의 땀방울로 화색이 돋습니다.

애처롭고 애틋한 부부

빛깔 연하게 흐르는
시냇물을 바라보면서
백치같이
잔잔한 미소를 자아냅니다

결혼식 주례의 명언처럼
꿈을 꾸는 테두리가
시간이 지남에 따라
폭풍우로 멍들어 올 때면

잡다하고 사소한 일에도
서로의 마음을 몰라주어서
서운해 하고
미움이 아닌 미움으로
부부의 사랑을 서글프게 합니다

가지고 있는 것을 다 주어도
부족하기 한이 없는데
진실까지 외면하면서
밤을 새우는 자존심은 고통입니다

모진 시련에 서로가 닮아서…
가슴속 깊이 서로를 새겨두고 싶어서…
알듯 모를 듯 마음의 문을 열고
성심껏 살아오는 흔적을 무안하게 합니다

지팡이로 땅을 짚어감이 버거워 보여
손을 잡아 주고 싶음이
애처롭고 애틋한 부부였음을 망각합니다

나는 얕은 시냇물의 긴 여운 속에
바보같이 어리석음을 자책하며
메마른 가슴을
부부애 사랑 애로 적셔봅니다.

아버지 내 아버지

세상에서 가장 존경하는 사람이 누구냐고
나에게 누군가 물어오면
어린아이마냥 서슴없이 내 아버지라고 합니다

여자가 무엇이고
아내가 무엇이고
부모가 무엇이고
삶이 무엇인지…

조금은 나이가 차서 깨달음을 얻고
닮은꼴로 하여질 때
이미 하늘나라로 떠나가신 내 아버지

살림에는 눈이 보배다
세상에서 제일 무섭고도 따뜻한 것이 사람이고
사람의 얼굴에서도
두 눈을 잘 보아야 한다고 말씀하시는 아버지

두 눈에 무슨 생각이 들어있는지 바로 알아야
잘 살 수 있다는 것을 조금이나마 터득하고
뼈가 녹아내려야 나온다는 돈의 값어치를 알기에
차별이 없는 배려를 우선으로 합니다

아버지의 남기신 지혜를 하나하나 저축해서
엎치락뒤치락하는 인생길에
정다운 벗 삼아 동무하고 있습니다

아버지는 재촉하지 않아도
예약된 길 갈 수 있는데
무엇이 그리도 힘들고 버거워서
쉬이 다 털고 가셨을까요

하해와 같이 받은 정을
그렇게 즐겨 드시는
약주 한 잔 올려서
보답하기도 전에 가셨을까요

"너도 한번 잘 살아봐라
나, 살아 있을 때
너, 사는 거 봐야 눈 감는다"고

결혼해서 가정을 이루고 살아가는 딸에게
사소하게 먹을 것 입을 것 다 챙겨주시고
자식 위해 희생하시는 아버지께

"예 예" 순응하며 받들지 못하고
사랑표현 유별나다고 투정했는데
세월을 겹 할수록 뒤늦은 후회로 죄송합니다

너무나 강했기에 따르기에는 벅찬 산을
포기하지 않고 오르고 또 오르다보니
이제는 어렴풋이
아버지의 뜻이 보이고 알 것 같습니다

가고 없는 그 자리에 그 말씀이
아버지 둘째 딸은
가슴이 미어지도록 보고 싶고 그립습니다

아버지, 내 아버지.
이 세상에서 하나뿐인
선망과 존경의 대상이신 배 상 묵…
딸은 당신의 삶을 영원히 사랑합니다.

손가락질

여인아 여인아, 가여운 여인아.

실낱같이 가느다란 그대 몸속에
무엇이 그대를 미치도록 하는가

마음이 정갈하고 곱다란 영혼을
무엇이 그토록 어지럽게 하고

그대 영혼을 낱낱이 발가벗겨
도로 한복판에서 날뛰도록 하는가

여인아 여인아, 가여운 여인아.

어쩌면 어쩌면
그대가 지금의 나와 같기에
그대보고 나는 서러워 서러운데

사람들의 혀는 흥겨운 잔치이고
식지손가락은 널을 뛰며 춤춘다.

흉내 내는 삶

나는 아버지가 하늘나라로 가신 후에
눈물로 밤을 꼬박 새우고
사진으로도 보고픔이 달래지지 않을 때는

현관에 우리 가족의 신발을 쳐다보다가
남편의 신발 속에는 큰아이 신발을 넣고
내 신발 속에는 작은아이 신발을 넣는다

아버지가 나를 유난히 사랑했듯이
품안의 자식을 무심하게 넘기지 않으려고
아버지께 배운 삶을 흉내라도 내어본다.

오직 한 사람

천지가 개벽할 사랑 가지고 있으시나요
세상에 겁이 너무 많아 잡아 줄 손 기다리고
두려움에 한 걸음도 나아갈 수 없는 상황에

꼭 이 사람이어야 하고 이 사람이 아니면
어느 누구도 대신할 수 없는 오직 한 사람
이런 사랑 그 곁에서 길잡이로 있으시나요

힘들어하는 작은 표정 금세 알아차리고
무슨 일이든 조급하게 생각하는 것보다는
여유롭게 쉬엄쉬엄 돌다리도 두드려 가자네요

지금은 너무 지쳐 있으니 어깨를 안마해주겠다고
희망을 가득 넣어서 나긋하게 토닥여주는 사람
이런 사랑 턱 밑에서 숨소리 듣고 있으시나요

한 길 마음속을 헤아릴 수 없는 빛으로
초연히 주저앉아 있는 모습이 애처롭게 보일 때면
두 무릎 구부려서 업자 하자며 더 낮게 앉은 사람

나는 신이 나서 넓은 등이 칠판인 양 낙서를 합니다
나 좋아해 나 사랑해 나도 좋아해 나도 사랑해
오직 한 사람 나보다 더 사랑하는 사람 있으시나요.

초대 받은 이름

세월 한 수저 납죽 받다보면
파랗게 윤기가 흐르는 행복에
포만감이 느껴질 때 있고

나뭇잎이 떨어져
하얀 속 살 드러내는 가지에
설움을 삼키며 눈물질 때가 있습니다

하늘이 열려 있어
땅은 숨을 쉬기에

대지의 들꽃 하나 헤집은 일 없이
설렘으로 바라보고
단순한 정겨움에 읊조리는데

살며 사랑 만들기에는
무엇이 모자라고 서운해서
소중한 인연에
점점 멀어져가는 이름일까요

잠시도 떨어지지 않으려고
조심스럽게 사랑스럽게
그 이름을 불러
내 인생에 초대하였는데

딱딱한 마음의 껍질 벗어던지고
밝고 상냥한 목소리로
처음 그 자리에서 기다리고 있을
이름을 초대하여
살찌운 눈빛으로 바라보아야겠습니다.

피아노 연주

도 행복 레 커피
미 사랑 파 마음
솔 소망 라 노래
시 자연 도 믿음

삶의 방향이 서성거려질 때
콧노래 부르며
피아노 연주를 시작합니다

터지는 분노를 싹싹 비벼서
삼킬까 던질까
한참의 머뭇거림은
달빛 정원으로 흐르게 합니다

아름다운 음계에
무성한 독버섯의 요란함이
어찌 관심 끌기 바라고
한때 소란이 흩어지지 않을까요

모든 것이 살아가는 맛이어도
돌아오지 않은 꿈에 연연한 것은
스스로
행복할 권리를 포기하는 것입니다

꽃 지게는
무거움이 없다고 합니다
환희로 가득한
장밋빛 미래를 준다고 합니다

지치고 외로울수록
오금이 저리게 피아노를 연주하고
꽃 지게에 짐을 더합니다

피아노 연주는
주저앉은 듯 보이나
시간이 흐를수록
하늘을 날아다니는 마음입니다.

토라지는 마음

저 하늘에 구멍 뚫린 듯
빗줄기 쏟았으면 좋겠어

미친 듯이 그 비에 묻혀
울음을 토해 낼 수 있게

다투고 토라지는 마음이
미움으로 남겨지는 것은

살을 도려내는 고통이고
뼈를 깎아내는 지옥이다.

어여, 가시게나.

사랑하므로
사랑하였으므로

운명이니
숙명이니 하는

속박의 굴레에서
그대를 풀으나니

내 고운 사람아
어여, 가시게나.

지금 아니 가시면
이대로 못 가시면

내 사랑이 그대를
죽도록 얽어매네

또다시
죽도록 얽어매려네.

무더위에는 별거하자니!

나는 당신이 좋아서 찰싹 달라붙어 사는데
당신은 탱자 가시처럼 싸늘한 경고를 한다

무더위에는 별거하자니!
대책 없이 마른하늘에 날벼락을 맞는다

눈이 내리는 겨울에 만나서
땀으로 신경이 곤두서는 여름을 몰랐다

당신의 끈끈한 살에 나는 참매미가 되고
우리는 귀찮아도 어쩔 수 없는 운명인데

무더위에는 별거하자니!
아니다

복된 운명은 죽으나 사나 함께 하여야 한다

나는 계절 없이 너무나 좋은 당신이기에
한여름 더위에도 그 곁에서 손부채로 살련다.

여시의 고백

언제나 말이 없는 당신을 보면 난
장난기가 가득한 새끼 여우보다는
꼬리 아홉 달린 여시이고 싶습니다

당신의 가슴이 살았는지 죽었는지
이따금씩 토해내는 한숨은 왜인지
알면서도 모른 척 새치미 뚝 떼고

단막극에 알랑알랑 애교부리는 난
곰삭히는 정서와 습관을 헤아리는
재치 만점의 백여시이고 싶습니다.

시간의 선상에서

별님 하나 등불 되어 그의 길 밝혀주면 얼마나 좋을까요
달님이라도 벗되어 그의 길 속삭여주면 얼마나 좋을까요

한겨울의 나무줄기처럼 앙상하게 여윈 이 밤의 줄기를 타고
그 사람은 그림자 하나 놓이지 않은 낯선 길을 오려합니다

오기 어려울 것 같아서 바쁘다는 핑계도 나름대로 괜찮은데
그 사람은 기꺼이 암흑의 파장을 타고 이 밤에 오려합니다

고독이 느껴집니다 그 사람의 깊은 고독이 느껴집니다

모든 것이 비 바다에 잠기듯이 고독 또한 비 바다에 잠겨
외롭고도 외로운 그 마음이 발버둥 치는 것을 몰랐습니다

더러는 누군가 그리워서 마음이 가는대로 떠나고 싶습니다
더러는 누군가 보고 싶어서 미친 듯이 달려가고 싶습니다
홀로가 쓸쓸해 너무 쓸쓸해 눈물이 먼저 질주하기 때문에…

그 사람, 오늘이 그러기에 마음 둘 곳을 찾아오나 봅니다

별님 달님은 보이지 않아도 아른거리는 이름 하나 있어
암흑도 두렵지 않게 발버둥치고 마음 둘 곳에 오나봅니다.

고통. 그것참, 괴롭고 아프더라.

하이에나의 날카로운 송곳니에

한번 물려보니 치명상을 입더라.

제대로 일어설 수 없으리만큼

정신은 충격과 공포에 휩싸이더라.

엄마 뱃속에서 탯줄을 달고

갓 태어난 핏덩어리고 싶더라.

키도 마음도 자라지 않은 아기로

나뭇잎만한 요람에 있고 싶더라.

살고자 푸른 공기에 수저 들어도

뼈와 살은 소리 없이 으깨지고

타고난 배냇짓까지 잃게 되더라.

고통. 그것참, 괴롭고 아프더라.

고통. 그것참, 너무나 힘겹더라.

나는 당신 편입니다

멋있고 당당한 최고의 남자가
체면의 허울을 벗어던지고
낮은 소리로 마음을 말했지요

그 누군가에게 기대고 싶어서
잠시라도 편하게 쉬고 싶어서
내 몸 하나 반겨줄 이 찾는데

당신이 나를 반기기만 한다면
천둥번개가 휘몰아친다 하여도
그곳으로 한달음에 달리겠다고

언제인가 가슴 한쪽이 시리도록
너무 힘들어하는 말이었음에도
가벼이 여기고 잘난 체 했지요

큰 나무는
새를 가리지 않는다고 했지요

어느 날은 새소리가 경쾌해서
마치 꽃이 몽글몽글 피어나듯
가슴에도 좋은 향기가 나는데

어떤 날은 새소리가 날카로워
마치 예리한 비수에 찔리듯이
가슴에 멍울이 맺힌다 했지요

오세요, 담배 한 개비 피우고
오래된 친구를 만나러 오듯이
천천히 천천히 내게로 오세요

당신의 지독한 외로움 덩이를
나만의 것으로 독차지 하고서
아프지 않게 위로해 드릴게요.

행복한 기다림

나는 지금 버스정류장 벤치에 홀로 앉아
침묵을 모르는 저 하늘의 빗방울처럼
내 마음의 환희를 밖으로 표출합니다

밤비 사이로 어슴푸레 오가는 이들이
멀쩡한 여자가 부끄러운 줄도 모르고
새벽 비에 날궂이 한다고 야유를 해도

나는 철없는 예닐곱 살의 어린이처럼
무지개가 가득한 기다림에 신이 나서
동요를 봉숭아 꽃씨처럼 터트립니다

어느 순간에 반쪽으로 갈라지는 영혼이
너덜너덜한 기억에서 미세하게 꿈틀대는
본디의 것을 되찾으려고 몸살을 앓을 때

세상에 채색되지 않은 천국의 미소는
민둥한 영혼에 삶의 나무를 심어놓고
다시는 아프지 않게 숨을 쉬라고 했죠

나는 지금 천국의 미소를 느낍니다
당신이 깔아놓은 영롱한 배경에서
더없이 달콤한 당신의 감촉을 느낍니다

나는 행복합니다. 한없이 행복합니다.
당신이 서슴없이 내어놓은 가슴에서
당신을 기다리는 이 시간이 행복합니다.

당신만의 꽃이고 싶어서

꽃이라 했습니다
말이 없는
꽃이라 했습니다

한순간 피었다가
잎이 떨어지고
애달피 지더라도

꽃이라 했습니다
소리 없는
꽃이라 했습니다

나의 모습 잃어갈 즈음
죽음의 계곡에 갈 즈음
나를 찾아 깨워준 당신

당신만의 꽃이고 싶어서
간판에 꽃이라 쓰여 있는
'꽃'은 나라고 했습니다

당신만의 향기이고 싶어서
좋아하는 생명의 눈빛에게
'꽃'은 나라고 했습니다.

사랑에서 이별까지

뜨겁고도 차가운 밤에
사랑에서 이별까지
우리는 약속을 합니다

서로의 눈 안에서 살자고

사랑하다사랑하다 지쳐서
사랑이 사납게 입을 벌려
지울 수 없는 상처를 주어도

순간순간 행복만 기억하고
가슴 찢기는 아픈 이별도
죽을 만큼 사랑하며 살자고

서로의 눈 안에서 약속합니다.

그럴 수 있어요

어떻게 그럴까.
어떻게 그럴 수가 있을까.
그토록 믿었던 당신이었는데
이토록 내 가슴을 아프게 할까.

거기에 당신 있겠지 하고
단걸음에 달려가 보면
예감이라도 하듯이
나를 바라보고 있었던 당신이

하루아침에
나를 모르는 뒷모습으로
세상 수많은 빛에
슬프도록 두 눈을 다 감게 하는지

행복한 기억으로 고마운 당신에게
이미 떠나가는 미소에게
더 이상 내 어리석은 질투로
당신을 힘들게 하고 싶지는 않아요

내 곁에서
야위어 가는 당신의 얼굴을
차마 볼 수 없어 보내니
가끔은 그 향기 바람에 날려주세요

그럴 수 있어요
그럴 수가 있는 거예요
당신은 내가 아니고
나는 당신이 아니기에
그럴 수 있다고 보아요

두 번째 사랑으로 다가 올 당신이여
기다림에서 그리움이 무엇인지
진정한 사랑이 무엇을 의미하는지
나는 이 아픔에서
당신을 이해하고 당신이 되어보겠어요.

여우잠

사랑은 옛일이라
추억에 잠재워도

순간 기지개 켜고
숨구멍 찾아든다

잔인하고 끈덕진
미련도 사랑인가

자다 깨다 여우잠
밤 자락에 여윈다.

앙큼한 소원

나는 당신에게 앙큼한 소원이 있습니다
엑스트라 단어는 새 밥으로 주고
주인공의 단어만 쓰겠습니다
나는 당신하고
낮에도 달밤에도 같이 있고 싶습니다

햇살이 환하게 비춰주는 이른 아침에는
어김없이 어제처럼 "잘 잤어?" 하고
부드럽고 정감이 흐르는 목소리로
편안한 안부를 실없이 묻고도 싶고

시간이 익어가는 밤에는
발가락 장난으로 헤프게 골탕 먹여가면서
이불 똘똘 말아가다가 걷어차고
당신을 내 품에 와락 끌어안고 "사랑해!"
이 말 한 마디 달콤하게 하고 싶습니다

이렇게 염치없이 소원을 바라는 것은
어설픈 망상이고
허파 깊숙이 바람들어가게 보이겠지만
그래도 당신을 보고 있으면
즐즐이 습관처럼 소원을 갖게 되었습니다

"당신아,
요 앙큼한 소원, 나 가지고 있어도 괜찮지요?!"

똑똑똑 노크

똑 똑 똑
마음 문을 사정없이 두드리며
"나야! 뭐해!?"
문 열라고 재촉하는 벗이

그

립

다

"빨리 옷 입어!
맛있는 것 먹으러가자!" 하고
옷을 주섬주섬 챙겨주는 벗이

그

립

다

마주 앉아서
밥알 튀게
미주알고주알 수다 떠는 벗이

그

립

다

똑 똑 똑 나, 너, 기다려!
똑 똑 똑 나도 너, 기다리고 사랑해!

꽃피는 심장

심장이 꽃 피네요 꽃이 피고 있네요
새빨갛게 피어나는 꽃잎이 놀라워요

경이로운 느낌이 조각나면 어떡하죠
두근대는 감정이 멎어지면 어떡하죠

이대로 지금 이대로 눈의 느낌을 가지고
영원 영원히 시간의 그네를 타고 싶은데

모든 것이 지금 이 순간을 져버리고
이내 부서지고 멎어버릴까 두려워요

오래전에 심장은 색깔을 잃어버렸죠
행복을 피워내는 방법도 잃어버렸죠

비포장 나이 길을 깨금발로 디뎌 가는데
수꽹이 한 마리가 나타나 흙먼지를 날렸죠

혼란에 빠지는 심장은 어둠속에서 울며
소각을 기다려야하는 낙엽이 되어버렸죠

꿈만 같아요 지금의 빛깔이 꿈만 같아요
아주 짧은 꿈이라고 해도 충분히 행복해요

이제 심장은 흙먼지가 날려도 두렵지 않아요
색깔이 같은 심장이 삶의 방법을 알려줬어요.

가족들에게

엄마, 아빠, 외할머니, 누나.
2016년 9월 27일에 입대한 문수입니다.
군 생활 처음 이틀간은 아주 힘들었습니다.
그런데 시간이 지나면서 나름 익숙해졌습니다.
일주일이 지나고 분위기나 군 용어 등
낯선 것들을 알아가게 되고
생활관에 있는 전우들 대부분이 동갑내기고
스무 살 스물여덟 살도 있는데
모두 다 친절하고 재미있는 분들이라
같이 있으면 즐겁습니다.
엄마, 시간이 없어서 길게는 못씁니다.
저는 잘살고 있으니까 너무 걱정하지 마시고
11월 2일 수요일에 꼭 50사단으로 와 주세요.
특히 '출입증'이랑 '부모님 의견서'를
사전에 꼭 쓰시고 당일에 가지고 와주세요.
진~~짜 중요한 거예요!
이것이 없으면 제가 몇 시간 외출도 못 해요!
아! 엄마, 밥은 걱정하지 마세요.
군대 밥~ 꿀맛이에요.
그리고 엄마, 저 때문에 울지 마세요.
괜히 입대 당일에 제 뺨 잡고
"아들 잘 다녀 와~"하시던 게 생각이 나요.
가끔 그때처럼 울고 있지는 않은지...
아들이 고생하고 걱정된다고 우실까 봐

제가 더 많이 걱정돼요.

저는 잘 지내고 있으니까 안심하시고

출입증이랑 부모님 의견서 꼭 가져오세요. 꼭꼭!~

엄마, 제 걱정은 하지 마세요. 저 엄청 즐거워요.

주소는 부모님 의견서에 쓰여 있어요.

2016년 10월 4일 박문수 훈련병

장정 소포

의젓한 아들 보렴.
2016년 10월 6일 3시에 장정 소포를 받았다.
소포를 받은 순간 아!~ 우리 아들이다~ 하고
상자를 와락 끌어안고 얼마나 기뻐했는지 모른다.
국가 방위의 중심군 육군
적과 싸워 이기는 정예 육군
223번 훈련병 박문수
한 글자 한 글자가 얼마나 뿌듯한지
네 얼굴을 만지듯이
자랑스러운 장정 소포를 어루만지면서
엄마는 네 미소를 마음에 담았다.
초보 군인이라 분명 고달플 것인데
밥도 잘 먹고 전우들하고 즐겁게 보내고
훈련소 생활에 잘 적응하고 있다니
걱정의 눈물이 아닌 자랑의 눈물이 흐른다.
군복을 입고 늠름하게 서 있는 아들 사진은
엄마 눈에서 한시도 떨어지지 않도록
엄마 공부하는 컴퓨터 책상에 딱!~ 붙여 놓았다.
아들아, 훈육지도에 어려움이 있으면
아무 생각 하지 말고
바로 엄마한테 오라고 했는데
편지와 사진을 보고 놀랐다.
어느새 우리 아들이 우리 문수가
대한민국 애국 청년의 자세가 잡혀 있다. (웃음)

아들아, 소포에 있는 청색 남방과 검은색 바지
그리고 색채 신발을 즐겨 신었던 학생 티를 벗었으니
"대한의 남자로 선택 받아서 가는 길 최선을 다하고
후회 없이 미련 없이
건강하고 행복하게 죽었다 살아 돌아오기를 바란다."
사랑하는 우리 아들 11월 2일 날 보자. 충성^^
2016년 10월 7일 엄마 배정이 보냄.

배터진 연정

당신은 생긋생긋 웃습니다

내가 어디에서 무엇을 하든
시선이 머무는 곳곳에서
"나 여기 있지!" 하고
마법의 스프링 인형처럼
톡톡 튀어 오르며 웃습니다

향기로운 커피를 마시려고 하면
찻잔에서 배시시 웃고 있고
세면대에서 손을 씻으려고 하면
거울에서 까꿍 하고 웃습니다

보리밥에 신선한 산채 나물을
사글사글하게 비벼먹을 때도
너무 빤히 쳐다보고 있어서
음식 파편이 튈까봐 조심합니다

이제, 그만 좀 바라보세요

아무데서나 뜬금없이 나타나서
속눈썹 휘날리고
보고 또 보고 자주 보니까
웃다가 배 터져 죽겠습니다.

꽃샘아 살포시 불어라

꽃샘아
살포시 불어라

엄마 봄이
아기 움을
감싸고
너무 아파한다

꽃샘아
천천히 불어라

봄의 생명은
매서움에 놀라서
혹독한
고통을 겪는다.

뽕잎 따는 어머님

앞마당에서 뽕잎을 따는 어머님이
"아야, 얼렁 가 정지 좀 구다봐라"

갓 시집온 며느리는 말뜻을 몰라서
어머님 눈치만 보고 있는데…

"뭣 허고 있어, 말이 안 들린거여?
정지 좀 구다보란게 다 넘것다야"

넘것다는 그 말에 싱긋이 웃으며
부엌으로 달려가 가스 불을 줄이고

어머님 옆에 앉아 뽕잎을 따는데
몰랐었냐? 하고 웃어주는 어머님

강남 갔던 제비가 돌아 올 때면
어머님이 왜 이렇게 보고 싶을까…

잠시도 쉴 틈이 없는 누에 철에
아버님 생신으로 더 바쁘던 어머님

어머님이 그립다
맑은 초록색 뽕잎으로 감투를 쓰고
종처럼 부리는 그 다정함이 그립다

이제는
음력 삼월 삼짇날이 되면

어머님을 대신해서
정성들인 음식이 넘치지 않도록
나는 정지를 눈 빠지게 구다본다.

나는 곰탱이입니다

나를 유별나다고 말하지 마세요
혼자서 낙서하는 것이 취미이고
취미 생활을 즐기고 있을 뿐인데

당신은 나를 유별나다고 말하고
유독 백 사람 중의 한 사람만이
행동이 다르다고 핀잔을 주네요

똑같은 상황에 똑같은 일에서도
누구는 아주 쉽다고 행동하는데
누구는 너무 어렵다고 말하지요

나는 실수투성이 곰탱이입니다
곰탱이는 그저 자유를 만끽하고
낙서하는 재미로 살게 놔두세요.

삶을 비우고

해 끝에 달랑 매달려
바람이 부는 방향에 따라
흔들거리는 속이 빈 삶은

동공이 풀린 채로
초점을 잃어가는 세월에
속 빈 삶마저 비우랍니다

나뭇가지에 새 한 마리
흐르는 내 눈물을 삼키고
내 눈물로 울음을 웁니다

삶이 보이지 않을 만큼
얇고 가벼워진 빈 삶이
바람을 따라서 걷습니다.

행복 화재

나는 지금 사그라지지 않는 불길에서
당찬 이유가 아주 많은 열애중이고
걷잡을 수 없는 행복 화재로
사랑의 중도 화상을 입어가고 있습니다

인생의 둘도 없는 좋은 사람에게
차마 다 하지 못하는 말을
뜨거운 가슴에
그대로 남겨두어서 그런가요

아니면
특별하게 원하고 있는
심장의 감정이 절제를 모르고
불타오르고 있기 때문인가요

대화에서 나오는 단어에
지나치리만큼 예민해지고
머리끝에서 발끝까지
세세히 기억하려고 애를 씁니다

사각거리는 바람에 행복한 목소리가 있고
새치름히 흔들리는 나뭇잎에
환한 반달의 눈웃음이 보고 싶다고
살짝 그려가는 습관도 생겼습니다

어쩌다 잠시
생각에서 혼자 있을 때는
다진 마늘같이 매콤한 눈물이 흐르고
마음은 따갑고 아리기까지 합니다

무엇이 이토록 가슴을 절이고
무엇이 이토록 미치게 하면서까지
촌스럽고 유치찬란하게 하는지
내가 나를 불쌍한 바보가 되도록 합니다

사랑. 그래, 이건 사랑인가 봅니다
오래전에 잃어버린 몰랑한 사랑
쉽고도 어려운 은밀한 심리전에
이런 감정들은 사랑인가 봅니다

한 사람의 마음을 얻었는데도
끝도 없이 관심을 바라고
생각이 조금만 달라도
고통이라고 투정이 늘어납니다

나를 정말 생각이나 하고 있을끼
나만큼 보고 싶기나 할까
아무리 바빠도 통화는 되지 않을까
만나자마자 시계는 왜 자주 쳐다볼까

고상한 인격 나이테와 현명한 지혜도
사람 추하고 집요하게 만드는 사랑
무차별 무분별도 가련한 사랑이고
의심하고 미워하고 질긴 고통도
사랑의 타오르는 과정의 불꽃입니다

나는 지금 사그라지지 않는 불길에서
사는 이유가 아주 많은 좋은 사람하고
걷잡을 수 없는 행복 화재로
사랑의 중도 화상을 입어가고 있습니다.

특별한 여유

다사론 햇살과 함께
봄빛 선율이 흐르는
찻집에 마주 하고서

아주 특별한 여유를
핑크빛 찻잔에 띄워
동동 떠다니게 한다

로즈향수 한두 방울
귓불에 살짝 뿌리고
나를 위한 나들이는

흩날린 독백 꽃잎이
결코 초라하지 않은
향이 되고 싶음이다

가슴에 남은 잔향이
흔적 없이 사라져도
기쁨이 되고 싶기에

나의 나를 사랑하는
색다른 이 나들이에
여유의 차를 마신다.

주름 꽃

요즘 얼굴에 향기 없는 꽃이 핀다
온갖 봄꽃에 시샘을 부리듯이
자글자글 소리 요란하게 피어난다

어쩌면 좋아 이 꽃을 어쩌면 좋아
아직은 싫다고 눈물로 발악하여도
나비도 찾지 않는 꽃이 피어난다

바람아 바람아, 나는 어쩌면 좋아.

웃으면 웃을수록 피어나는 주름 꽃
향기가 나도록 품고 사랑해버릴까
아니면 정원사의 가위손을 빌릴까.

강변의 섪은 꽃

피었다 피었어 강변의 섪은 꽃

차가운 달빛에 수억 년 넋 놓아

오시나 오시나하고 기다리는 님

꽃 섶에 잔잔히 이슬 별 내리고

미몽의 하루 밤 꿈결로 내리어

달빛 아래 꽃 선이 환히 피었다.

가슴에 박은 못

그대가

내 가슴에 박은 못

나는야

세월이 빼내주기에

괜찮소만

그대가

그 가슴에 박은 못은

세월이 등한시할까봐

그것이

슬픔이오.

참다 참다 못 참으면…

당신 보고파하는 마음이
참다 참다 못 참을 때는
바보같이 망설이지 않고
전화한다고 약속하고는
또다시 참고 견딘답니다

얼음처럼 차가운 마음을
밤새워 사랑으로 녹이고
비바람에 쓰러지지 않는
예쁜 꽃으로 피어나라고
따뜻하게 안아주는 당신

목소리라도 듣고 싶어도
진실한 마음으로 허락한
그 날 밤의 참된 사랑을
소중하게 가꾸기 위하여
또다시 참고 견딘답니다.

혀 놀림을 우선멈춤

당신의 어설픈 재간으로
나를 가늠하지는 마세요

평생을 친근하게 지내도
사람 속은 모른다했거늘

이제 두 번 만나는 내게
서슴없이 망언하는 당신

선무당이 사람을 잡았고
서당 개 삼년에 풍월 읊어

뜨거운 물을 입안에 넣고
혀 놀림을 우선멈춤 합니다

눈물이 돌만큼 뜨거운 물
가만히 머금고 있는 채로

어쩌지 못하는 쓴 인연에
우선 멈추고 방향을 봅니다.

묘한 습관

잊혀질만하면 잊을만하면

어쩌다… 어쩌다 한 번씩

내 가슴을 동당거리는 당신입니다

잘 지내고 있지? 하고 묻는 안부에

내 마음은 또다시

당신에게 묶어져

꼼짝달싹 할 수가 없습니다

밤새 당신을 부르는 내 외로움은

숨이 막힐 듯이 뜨겁게 조여와

포도방울만한 눈물로 아침을 터트립니다

지독히 이기적이고 나쁜 당신인데

내 가슴은 또

포도방울만한 눈물로 기다리려고 합니다.

당신의 웃음 심장으로 태어나겠습니다

당신은 타고나기를 웃음소리가 미숙하기에
내 소원하기를
내가 다시 태어나면
당신의 웃음 심장으로 태어나겠습니다

우리는 같이 있으면서
무엇을 나누거나 바라보는 곳에
요란스러운 수식어를 꾸미지 않아도
서로의 마음을 이해할 수 있어 좋습니다

당신이 처음부터 지니고 있는
차분하고 검소한 정서와 습관은
아침 햇살을 받아들이듯이
나는 자연스러운 빛이라 여기고
받아들인지 오래입니다

가끔은
어떠한 일은 이해할 수 없으리만큼
따르기 버거운 문제가 주어지면
왜 이러나 싶다가도
아무 일이 아닌 듯 가만히 있습니다

일기예보 같은
당신의 얼굴을 보고 있으면
나도 모르게
어느 사이 익숙해져 편안해집니다

하늘은 그렇습니다
맑았다 흐리기도 하고 비가 오다 눈이 내리고
심심하다 싶으면
천둥과 번개 또는 벼락을 치기도 합니다

땅은 그럴 때마다 투정하나 없이 순응합니다
하늘을 보고
버럭 삿대질을 하면서
"야 너 왜 그래" 하고 성내지 않습니다
땅도 하늘에게 순응하듯이
나 또한 당신 모습에 순응합니다

당신에게 이상기온이 찾아오면
당신의 관점에서 주의 깊게 생각하고
주어도 주어도 모자라는
네 에교를 낌찍하게 부리면 행복합니다

순둥이처럼 착한 당신하고
인생을 나누고 바라보기를 하나로 하는 우리에게
어쩌다
심술 사나운 바람이 질투하고 흔들려고 할 때는
그저 바람은 바람일 뿐
바람으로 스치라고 무던하게 여깁니다

내가 다시 태어다면
당신의 웃음 심장으로 태어나
못다한 웃음 사랑을 먼저 주고 싶습니다
당신은 남자이기에
조용한 웃음보다는 호탕한 웃음이 어울립니다

나는 당신의 웃음 심장이기에
얼굴보다 마음이 먼저 느끼도록 하겠습니다
그리고
당신이 경험하지 못한 심장의 울림으로
배가 들썩들썩하게 웃을 수 있도록 하겠습니다

마치 산모가 태동을 느낄 때
다양한 모습으로 행복을 표현하는 것처럼
당신의 심장이 즐겁게 박동하기에
당신의 온몸이 호탕하게 웃도록 하겠습니다.

심장 태엽

빛이 드는 곳에 걸어놓은 심장을
부리가 날카로운 독수리 떼가
갈기갈기 찢어 마구 쪼아댑니다.

박동한 심장은 태엽이 풀리고
소리 없이 죽어 가는 시간은
서서히 분해되고 점차 멈춥니다.

남은 것 없이 폐허되는 가슴에
착한 바람이 동그란 원을 그리며
멈춰진 심장에 태엽을 감습니다.

그리고 생명의 노래를 부릅니다.
태어나는 미소는 빛에 걸어두어도
심장은 가슴 안에 두라고 합니다.

꽃잎을 따듯이

그대여
진정 내가
그대의 가슴에
향기롭게 피어있다면

꽃잎을 따듯이
내 순수의 꽃잎도
아끼며 사랑하여
그대의 손을 내밀어주세요

그대여
진정 내가
그대의 가슴에
잊지 못할 그리움이라면

꽃잎을 따듯이
내 영혼의 꽃잎도
소중히 사랑하여
그대의 손을 내밀어주세요.

더 사랑하게 하소서

사랑... 한다고
사랑하고 있다고
차마 소리 내어
말은 못하여도

거짓 하나 없이
진실한 마음으로
내 영혼의 기쁨으로
더 사랑하게 하소서

가슴에 품어진 사랑
창가에 비친 달님도
눈치 채지 못하도록
혈관에 흐르는 사랑

내 영혼의 공간에서
그의 충분한 사랑이
오래 머물러 있도록
더 사랑하게 하소서.

초원의 백마

나는 기다란 머리카락을 휘날리면서
그간의 구속된 시간을 털어버리고
초원의 백마로 거침없이 나아갑니다

새봄의 하늘도 맑은 낮을 드러내고
얕은 구름을 깃발처럼 휘날리며
푸른 세계로 가볍게 나아갑니다

어쩔 수 없이 냉정하게 흐르는 세월에
묻혀서 가는 일들이 서럽고

거북이 등처럼 메말라가는 감성과
이따금씩 고른 숨결은 감각을 잃기에

나는 제자리를 박차고 점점 더 세게
저 새봄의 하늘을 시샘이라도 하듯이
풀 냄새를 만끽하면서 앞으로 달립니다.

역경은 내 첫사랑

역경은 내 첫사랑입니다
수없이 고민하게 만들고
아픔과 기쁨을 주니까요

아마도 역경이 없었다면
지금에 나는
좋은 행복을 모를 겁니다

오랫동안 내 기억에 머물러서
가슴 뛰게 하는 역경은
이제 황홀한 삶의 시작입니다.

예쁘고 귀여운 외로움

외로움아, 너는 참 예쁘고 귀엽다.

처음 네가 나를 찾아왔을 때는
순간 혼자라는 것이 알 수 없어
달아나고 싶고 몹시 당황했다

그런데 지금의 나는 아니다
떨어지고 싶어도 떨어질 수 없이
외로움이 네게 푹 빠져서
밤낮으로 연애편지를 쓰고 있다

하루일과처럼 습관이 되어서
거울에서 너를 보고
우리 잘 지내자고 웃기도 하고
밥을 먹을 때도 쓸쓸하지 않게
우리 맛있게 먹자고 말을 한다

새로운 세계가 환하게 열리기도 하고
색다른 언어를 오밀조밀 만들어서
연처럼 창공에 훠이훠이 날리기도 한다

외로움아,
예쁘고 귀여운 외로움아,
난 말이야 가끔
놀라운 일이 다가오면 거부가 오초라면
긍정하고 익숙해지는 데는 일초다

내가 너를 인정하고 받아들이는 시간은
그렇게 오래 걸리지 않았고
너하고 지내는 방법을 찾기까지는
다소 의아한 마음이 들기도 했다

그렇지만
생소한 너와 잔재미가 있게 친해져서
나 스스로를 이해하는 데는
초록빛으로 도움이 되어가고 있다

사람은 그런가봐
돈에 어려움이 생겨서 외로워 보아야 하든지
건강에 이상이 있어서 외로워 보아야 하든지
아니면
사랑의 아픔으로 외로워 보아야 하든지
결국의 우리는
혼자인 외로움을 느껴야 성장 하나보다

나는 행운이 있나봐
사랑할만한 시기에
사랑할만한 사람을 만난다는 것은 드문 것인데

이렇듯 인생에서 달아나고 싶을 때
귀여운 너를
사랑할만한 시기에 만나서 행운이다

외로움아, 예쁘고 귀여운 외로움아,
너는 음식에 앉은 파리가 아니다
그래서 나는 너를 내쫓으려 하지 않는다

너도, 나를 뿌리치지 않고 같이 있는 한
나는 너를
앞으로도 계속 놓치지 않고 살 거다

삶에서 귀여운 너마저 놓치고 살아간다면
내 눈동자에 동공은 점점 작아질 거다
그러니까 황소의 눈처럼
내 까만 동공이 똥그래지도록 함께해야 한다.

괴로움은 잠깐

내년 동짓달의 내 생일쯤에는
아무것도 기억나지 않을 일에

오늘 왜 이렇게 괴로워하고
스스로 숨통을 조이고 있는 것인지

세상 이치에 그러려니 순응하고
마음을 조금만 곱게 가다듬으면

파란색 신호등의 인생을
조금 더 일찍 즐겼을 텐데

잊자
잊어도 되는 일에 고민 하다가
심장이 새까맣게 타서 숯덩이 되겠다

잊자
잊으면 괴로움은 인생에 잠깐이고
기쁨은 내 인생에 영원하리라 본다.

리듬 터치

미쳤다
멀쩡하지 않은 미치광이다
세상 무대에서 부러 연극하고 쇼하는
단막극의 대본에 미친 척이 아니라
정말 온전하지 않은 나는
정신이 아주 나가서 도는 미치광이다

난초 잎 같은 슬립 하나
몸에 걸치고
잔나비처럼 온 방을 날아다니면서
물건마다 만져서 흩트리고
화장대와 문갑에
오르락내리락 춤추면서 생각을 딴다

마음대로 멈추고 싶어도 멈출 수 없이
소리의 마력은 묘한 리듬을 일으켜서
한 시간이 지나 두 시간 그리고 하루다
내 발광도 연이어 리듬을 터치하게 한다

강물이 거실 바닥에 느릿느릿 흐른다
웃고 있는지 울고 있는지 모르는 감정이
내 마음 깊이 아리게 스며들어
저 머언 산들바람에 기대고 싶은 광녀.

오만의 길

오는 이 누구인가
가는 이 누구인가
묻는 말에 외마디로 답하고
묻지 않은 말에 침묵합니다.

도표에 설계한 삶이 뜻대로 이루어져
소리 높여 자랑스럽게 드러내고
상대의 무능함에 무안한 기색 주면서
아픔을 이해로 곁들지 못 했습니다.

이미 내뱉은 말을
처음으로 되돌릴 수 없기에
미안하고 죄스러움에
스스로 오만의 길을 응징하고 있습니다.

언어 장벽에서 굳어 있는 반 시체는
오로지 자연과 음악에 옹알거리며
처절한 외로움에 취하는 나날입니다.

고혹적인 미소

우리 님
고혹적인 미소 머금음이
보름달에서 초승달로
가늘게 비어 있을 때면

이 마음
물빛 고운 이슬방울로
초승달에 걸터앉아
피리 소리에 노래 부르며
사랑 가득 채워 드릴래요

초롱초롱한 큰 별은
새하얗게 달무리 지어
손풍금에 풀꽃 연주하고

아기자기한 작은 별은
환상의 은빛 가루를
관객 되어 뿌려 주지요

사랑하는 우리 님
한 쪽 눈 살짝 감아 윙크하고
양손으로는 얼굴 감싸면서
멋진 세리머니에 감동 주네요.

내 아름다운 연인

호사스러운 비단 옷을 입지 않아도
당신의 눈매에는
고귀한 기품이 담겨져 빛이 납니다

금테 두른 명함을 지니지 않아도
당신의 입가에는
여유롭고 평온한 미소가 있습니다

지나가는 아이의 콧물을 닦아주고
외로운 노인의 말벗도 되어주는 당신

해는 해라서 따뜻하고
바람은 바람이라서 시원하다는 당신은

지금의 모든 것을 가슴으로 사랑하고
마음의 소리를 순수하게 읊어냅니다

당신은 시인입니다
맑은 느낌이 살아서 숨을 쉬는 시인
내 아름다운 연인은 참다운 시인입니다.

사랑의 문이 열리는 날에는

느낌이 좋은 한 사람으로 인하여
사랑의 문이 열리는 날에는
그 날의 공기도 맑고 상쾌합니다

머리에서는 변화를 원하지 않아도
가슴에서는 변화를 찾으려 하고
가장 먼저 가까운 주변을 살핍니다

예전에는 관심을 보이지 않는 곳에
차츰
미세한 부분까지 관심을 가집니다

느낌이 좋은 한 사람으로 인하여
사랑의 문이 열리는 날에는
고풍스러운 감각의 외골수도
촌뜨기로 몰락 하기는 순간입니다

원색의 스카프나 넥타이를 보고
취향 때문에 고민을 하면서도
선물을 주고 기뻐하는 모습을 위해
거울 앞에서 표정을 연습합니다

말똥을 밟아도 좋을
사춘기가 시작 되면서
세상의 단 한 사람을
기다리는 시간은 설렘입니다

보이는 말마다 마음에 담아서
비가 오는 날은 우산이 되어 주고
빛이 쬐는 날은 그늘이 되어 줍니다.

눈높이

엄마,
저를 등에 업을 때는
긴 머리에 핀을 꽂아주세요
엄마 머리카락에 제 눈이 따가워요

엄마,
제 손을 잡고 길을 걸을 때는
조금만 천천히 걸어가요
제 발뒤꿈치가 땅에 닿지 않아요

엄마,
제가 화장실에 가고 싶다고 할 때는
시간이 없고 바빠도
장소에 부끄럽지 않게 데려가 주세요
아무데서나 옷을 내리면 창피해요

엄마,
"이런 것 하나 못해"는
잠시, 조금만 미루어주세요
엄마는 이해와 용서의 큰 나무이고
저는 두려움에 떠는 어린 나무입니다

엄마,
꿈의 동화가 펼쳐지는
제 눈을 보아주세요
제 눈높이로 낮게 하시고
엄마, 저를 지켜봐 주세요.

중년의 신혼생활

우리 부부가 젊어서 한창 때는
얼굴을 쳐다보고 살기 보다는
시계를 쳐다보고 살기 바빴습니다

지금 몇 시야, 지금 몇 분 됐어…
빨리 출근해야 하는데… 늦었다.
우리는 허겁지겁 시간에 달렸습니다.

시간에 달리고
세월에 달리다 보니

어느새 검은 머리는 하얗게 되고
이슬처럼 맑은 눈은 침침해지고
귀에는 바람 소리가 맴돌게 되었습니다

어쩌면 우리는 열심히 살아온 추억을
서로가 아름다운 기억으로 돌려주기에
중년의 신혼 생활을 하는지도 모릅니다

나날이 시계를 쳐다보고 살기 보다는
얼굴에 풍요로운 잔주름도 보아 주고
대자연을 쳐다보는 여유도 얻었습니다

시간이 가면 갈수록
마음이 원하는 당신의 눈이 되어서
나는 참으로 좋습니다

세월이 가면 갈수록
가슴이 원하는 당신의 귀가 되어서
나는 고맙고 행복합니다.

재수 타령

인물이
잘나서 재수 없고
못나도 재수 없다

행동이
느려서 재수 없고
빨라도 재수 없다

삶이
행복해서 재수 없고
불행해도 재수 없다

위법 행위 하고
통과되면 운이 좋고
걸리면 재수 없다

허구한 날
이래서 재수 없고
저래도 재수 없어

이 나비는 날개 찢기고
저 꽃은 생기 잃는다

그리고 가재 눈은
밤낮없이 재수타령하다
재수 옴 붙기 십상이다

공기의 입맞춤

나는 어릴 때부터 궁금했습니다
손등에 입맞춤을 받으면 어떤 느낌일까
간지러울까 촉촉할까 짜릿할까
아니면 순수한 느낌에 기분이 좋을까

외국 영화를 보면
품위 있는 남자가
붉은 카펫에서 무릎 꿇고
정중하게 손을 내밀면

아리따운 금발의 미녀는
잠자리 날개처럼 가볍고 살포시
하얀 손을 남자의 손 위에 얹습니다

그 순간
남자는 여자의 손등에
살짝 입맞춤을 합니다

나를 사로잡은 붉은 꽃송이의 장면은
미래의 희망사항이 되어가고
나도 주인공처럼 되기를 소원합니다

그런데 손등에 입맞춤을 받은 내 첫 경험은
보이지 않는 투명인간이
가시의 크리스탈을 던지는 것처럼
대형 유리창에 금이 가고 조각이 납니다

부끄럽고 민망하게 피어난 꽃송이는
파란 나라의 유리창부터 핑크빛으로 물든 내 창문까지
도미노처럼 산산이 부서지고 시들어버립니다

시간이 흐른 지금은
가만히 있어도
파릇한 행복이 느껴집니다

아침에 창문을 열면
잡티 하나 없이 투명한 햇살과 공기는
환한 미소로 나를 휘감고 반겨 줍니다

나는 더할 나위 없이
상냥하게 웃어 주는 공기에게
두 눈을 지그시 감고
음 좋다면서 살짝 입맞춤을 합니다

마음 깊은 곳까지 정화시켜 주는 공기에는
내가 그토록 절절히 원하고 있는
좋은 사람의 냄새가 풍요롭게 들어 있습니다

사계절마다 색다른 느낌이 배어 나오는
상큼하고 고풍스러운 공기의 매력에
미끄러지듯이 자연스럽게 빠지다 보면

내 눈은 봄비에 피어나는 홍매화가 되고
내 코는 녹음이 짙어가는 사랑의 향기가 되고
내 입술은 가을 단풍으로 붉게 물들어 갑니다

그리고 내 귀는
선율이 고운 흰 눈이 자연의 음악으로
세포 하나하나까지 천국을 느끼게 합니다

이처럼 가시의 부스러기 없는 공기는
순간마다 이유 없이
내 심장으로부터 행복한 노래로 들뜨게 합니다

나는 나도 모르게 맑고 투명한 공기가 좋아서
두 눈에 눈물이 흐르고
오늘도 감동한 사랑에 달콤한 입맞춤을 합니다.

심장으로 듣는 말

사랑한다는
따뜻한
말은

갓
태어난
아기가

눈을
뜨지
않고도

심장으로
듣는
말이다.

푼수데기

우리 처음에는 밀고 당기고
미묘한 심리 싸움을 했지요

그러다 시간이 흐를수록
미움에서도
내 인생보다
당신의 인생이 더 보이고

어제와 오늘은
기쁨에서나 슬픔에서
내 운명보다 당신의 운명을
더 사랑하게 됐지요

내 마음을
당신 마음대로 해석하여도
나는 이해가 되고

밀고 당겨도 멀미나지 않고
있는 그대로 받아들이는 것이
편안하고 좋아졌지요

사랑하기에 24시간이 모자라
나는 당신을 뒤따르면서
신나는 트로트를 사랑가로 부르고

나이가 먹어갈수록
사랑의 감정 표현이 깊어지고
정숙해야 하는데
푼수데기로 뒤따르는 게 즐거워요

나는 밀고 당기는 고집보다
푼수데기처럼 사는 것이
숨 쉬는 순간마다
행복의 포만감으로 느끼나봐요.

행복이 커가는 소리

아이가 까르르 웃는 얼굴로

밥그릇을 싹싹 비우고

키가 쑥쑥 자라는 모습은

행복이 커가는 소리다.

한동안 나는 너를

어쩌면
너를 좋아할지도 몰라

어쩌면
너를 사랑할지도 몰라

파릇한 향기
물씬 풍기고

연한 새순의 잎으로
꽃을 피우는

너의
움직임에 반하여

한동안
나는 너를

품에 안고 있을지도 몰라
봄, 봄, 봄.

남편에게 큰절합니다

남편 생일날 아침에는
붉은 백일홍이 만발하듯
우리 집 거실에는
화기애애한 분위기에
가족의 웃음꽃이 만발합니다.

향기 좋은 모카 케이크에는
영원 영원히 젊게 살자는
청춘의 심벌인 열여덟 개의 촛불이
가족의 웃음소리에 붉게 물들어
앙증맞게 춤을 춥니다.

남편은 올해도 여전히
부처님처럼 근엄하게 정좌하고
나란히 서 있는
아내와 아들 딸을
흐뭇한 표정으로 바라봅니다.

아내와 아들 딸은
오늘 생일의 주인공에게
축하의 미소를 지으면서
차례대로 큰절을 하고
마음의 편지를 전합니다.

항상 변함없이
가족의 건강 챙겨줘서 고맙고
바른말 고운 말로
외롭고 춥지 않도록
버팀목이 되어줘서 고맙다고 합니다.

화목한 우리 가족은
도란도란 케이크를 먹으면서
허례허식으로 선물을 하는 것 보다는
마음의 한 줄 편지가 감동 있고
감사의 큰절이 행복하다고 웃습니다.

원색의 바람

은은한 원색의
바람을 일으킨다

옷장에 맞춤으로
진열되어 있는

세련미 넘치는
검은색 옷가지가

창틀에 쌓여진
먼지만도 못하다

구슬이 서 말이라도
꿰어야 보배 듯이

아무리 값비싸고
헤아릴 수 없는
추억이 깃들어 있어도

유행이 지나고
제자리에서
낡아가는 옷은

더 이상
생명이 있는
날개가 아니다

은은한 원색의
바람을 일으킨다

검은색 옷가지를
말끔히 걷어 내고

푸른 사계의
나무와 꽃향기로

옷장을
다양하게 채운다

시간의
도도한 흐름에

여자의
새로운 서막을
환하게 열고

생명이 있는
날갯짓을 한다.

아픔의 꽃

아픔의 꽃을
위로해 주고 싶다면
그냥
고운 눈으로
바라보아 주세요

울타리 안에서
보살펴 주고 싶어도
그냥
맑은 눈으로
지켜보아 주세요.

위로하며 보살피는
고마움이
꽃잎의 상처로
남겨질까봐
걱정이 앞섭니다

인내하는 줄기와
조심스럽게
지탱하고 있는 뿌리는
아픈 꽃의 눈물입니다

꽃을 사랑한다면
향기를 믿는다면
부디
눈으로 보아주세요.

황홀한 특권 (자유)

새처럼 파드득 날 것만 같은
산의 꽃과 들판의 풀냄새가
바람 사이에 쏙쏙 새어들어
맨발로 풀내 바람을 딛는다

아내와 엄마의 이름을 얻고서
두 발바닥은 후줄근해지고
뒤꿈치는 상처로 아려 와도

몸과 마음을 느슨히 하고
다닥다닥 붙어있는 발가락을
기지개 펴기가 쉽지 않았는데

호흡하기 좋은 풀내 바람에
사뿐사뿐 나긋나긋하게
한발 또 한발씩 내딛는다

화장기 하나 없는 민낯처럼
가슴이 파인 민소매처럼
허벅지가 드러난 반바지처럼
몸과 마음을 헐겁게 하고

심장의 끝 부분에서부터
홀로라서 행복하다를 외치며
인생 최고의 황홀한 특권을
미국에서 달콤하게 누린다.

미친 사람이 좋다

무엇을 선택하든
한번 뛰어들면
나는 욕망을 갖습니다

욕망은 열정으로
시간을 가리지 않고
나를 미치게 만듭니다

만나게 되는 사람도
밤낮을 가리지 않고
일을 즐겁게 하는 사람이 좋습니다

오만가지 일중에 남에게 누가되지 않고
기쁨으로 흘리는 땀은
고가의 명품인 오일보다 매끄럽고
장미꽃보다 향기롭고 레몬보다 상큼합니다

자기 역사를 위해 큰 일이 아니더라도
좁쌀 같이 변변찮은 작은 일에도
그 맛을 알고
숨 가쁘게 미쳐가는 사람이 좋습니다.

다 버릴 거야

나를 지치고 힘들게 하는
모든 것을 다 버릴 거야

수십 번 펼쳤다 오므렸다
생각도 중병에 걸렸나봐

머리가 터질 듯이 앓다가
딱딱한 호두가 되어버렸어

다 버리고 다 날릴 거야
허파에 바람이 들 때까지

지쳐만 가는 나의 나부터
미련 없이 다 버릴 거야.

파괴된 뇌

진실로 아름다운 삶이 무엇인가에 몰두하여봅니다
내가 가진 모든 것을 티끌만큼도 아까워하지 않고
자신을 한참 미비하고 모자라는 실패자로 봅니다

나는 몸과 마음을 역사하기 위해
떨리는 호흡을 침착하게 가다듬고
나 자신을 거울 앞에 비추어봅니다

샘물처럼 솟는 생명의 묘약을 만들기 위해
과거를 냉정하게 처방하고
현재에 정신을 집중하여
지금에까지 노력을 건강하게 해왔습니다

그런데
거울속의 나는 삶에 허덕이고 배가 곯아
입술은 새파랗고 손발은 바르르 떨면서
음지에서 초라하게 시들은 할미꽃입니다

한 세상 살아가면서 들러리에 불과한 것을
반듯하게 건사하지도 못하는 일에
악다구니 쓰면서 끼어들어 간섭하고
밴댕이 같이 속이 좁게 비웃었습니다

추운 바람에 흔들리고 있는 나뭇가지에
눈이나마 지그시 감아 따스함을 주고
엄지손톱만큼 작게 움직이는 이파리에
스치는 마음이나마 격려해주지 못했습니다

나는 생각으로부터
자유로워질 것을… 하는
깊은 아쉬움이 남습니다

나 자신이 불쌍히 여겨지는 나는
빈손처럼 보이나
산뜻하고 아삭한 영혼을 갖고자
조금도 망설이지 않고
바로 이 순간, 뇌를 야멸치게 파괴시켜봅니다.

풋풋한 나들이

이렇게 기분이 좋을 수가 있나요
그간의 폐수로 가득한 생각들은
지나가는 차들의 바퀴에 날리고
군더더기 없이 풋풋한 나들이를 합니다

속삭여주는 햇살이 너무 좋아
무작정 택시를 타고
시청 앞 호텔 커피숍에서 차를 마십니다

잠시 도자기 찻잔을 들고 만지작거리는데
따사로운 햇살은 여전히 내게 속삭여주고
바람은 손끝에 머물다 홀연히 사라집니다

잔잔한 경음악은
그림 없는 백지처럼 흘러 보내고
나는. 아, 기분 좋다.
정말 좋다고 나지막이 말합니다

색다른 배경에서 나 홀로 눈을 감고
커피 한 잔에 낭만을 만끽할 수 있어서
마음은 샴페인을 터트리는 축제입니다

이렇게 30여분 동안
축제를 즐기고 일어나려고 합니다
도도한 찻잔에 차는
차갑게 식어서 맹탕이 되어 갑니다

더욱 중요한 것은
내 모습이 누군가에게
약속에 바람을 맞아
축 처진 새 꼬리로 보이기 때문입니다

지나고 나면 잊히는 일에
무거운 옷 한 벌 벗기는 쉬운데
고민은 왜 껴입는지 알 수가 없습니다

오늘의 신선한 도전은 성공이고
생각 또한 정화되어서 기쁘고
그리고 가슴이 펼쳐질 만큼
풋풋한 나들이에 행복은 급상승입니다.

나부끼는 소리

여자와 남자는 통화를 합니다.
여자는 밝게 웃으면서 남자에게 말합니다.
오늘의 글을 읽을 테니 들어보라고 합니다.
남자는 글을 듣자마자 0.1초도 안 되서 말합니다.
남 : "날 봐요, 날 보라고요.
　　지금 시간이 8시이고 일이 끝나면 12시 30분쯤,
　　일이 끝나는 대로 바로 갈게요."
여 : "(웃음)오세요. 오시면 어떻게 님 마중 할까요?"
남 : "화끈하니까 악수 안하고 안아 줄 것 같은데…"
여 : "안아주기만 해요. 볼에다 뽀뽀도 해줄게요."
남 : "정말!?
　　정말 약속했으니까 휴대폰 켜두고 있어요."
여 : "어머, 진짜! 진짜로 온다고요!
　　농담했어요! 농담이라고요!
　　비도 많이 오고 피곤할 텐데."
남 : "약속 했으니까 꼭 지켜요?
　　서둘러 일 끝내고 출발할게요."
　　여자는 통화를 끝내고 줄곧 창밖에 비를 봅니다.
　　그칠 줄 모르고 무섭게 퍼붓는 비를 봅니다.
　　얼마 동안 그렇게 비를 바라보던 여자는
　　흐트러진 의식을 수습하고 속눈썹을 깜박입니다.

나부끼는 소리

비야, 넌 들었니? 그 마음이 나부끼는 소리를
불과 몇 시간 전에만 해도 예감하지 못했는데
그 사람이 온단다. 그 사람이 내게로 온단다

바람 부는 날이면 헤프게 흔들거리는 보고픔은
오늘밤도 폭풍의 언덕에서 망설일 줄 알았는데
해일이 몰아치는 언덕에서 주저할 줄 알았는데

언젠가는 굳게 닫혀있는 창문도 열리리라 믿고
그의 진실은 단 한 번의 허락을 기다렸던 거야
오래된 농담은 천 마리 학을 접은 진실이었어

비야, 이제 그만 내리치는 빗줄기를 거두어주렴
보고픔이 오는 동안 그 동안만이라도 편안하도록
서슬이 퍼런 네 아우성을 이제 그만 멈추어주렴.

약속의 신호탄

차갑게 겨울잠을 재웠던 과거의 말들은
시계의 초침이 째깍째깍 움직일 때마다
봄볕에 푸른 싹처럼 다시금 살아납니다.

평범한 날에 약속의 신호탄이 울렸다면
쉬이 잊기를 좋아하는 망각의 여자는
영영 그의 마음을 알지 못했을 겁니다.

밤이라서 보고파 하는 줄 알았는데
비 내려서 보고파 하는 줄 알았는데
놓치고 싶지 않은 그리움이었습니다.

그는 약속의 신호탄이 울림과 동시에
그리운 마음이 내게로 향하는데 있어
어떠한 걸림돌도 존재하지 않았습니다.

청보리밭

낮은 구름 산에서 흘러내려
안개 낀 능선으로
언뜻 보이는 청보리밭

맨 처음 누구인가
보리피리 불며
이랑에 천국의 악보를 그려놓았다

순수한 바람의 음계에 따라
파랗고 푸르게
자연히 리듬을 타는 청보리

그 수염에 감추어진 보리알은
모든 것을 다 주어도
다 주지 못한 것이 한이 된다는
그리운 내 아버지의 향수다

끝없이 짙푸른 보리밭에서
내 어릴 적에
정다운 아버지의 향기에 매료되어
마음은 무한의 날개를 펼친다,

콩깍지 천국

나는 당신이 까무러치도록 좋습니다

사랑도
슬픔도
자유도
환히 꽃 피우게 해줘서 참으로 고맙습니다

당신이 삶의 중압감에 지쳐 있을 때

당신의 슬픔은 비를 뿌리지 않고
흘러가는 구름 속에 있고
휘파람을 부는 바람 속에도 있고
초록 잎에서 붉은 단풍으로 물들어 가는
노을 속에도 있습니다

내가 바라보고 할 수 있는 것은 오직

공기와
시간과
생활에서
퇴색되어 가는 긴장은 풀고
우리만의 푸른 공간을 만드는 일입니다

다행히 지금 우리의 쉼터에는

사랑의 불이 켜졌다 꺼졌다
청개구리와 카멜레온 같아도
영혼과 영혼이 이어져서
육신과 마음이 치유되는

콩깍지 천국에 함께 있어 행복합니다.

글로 새기는 아픔

구질구질한 인생사
잡동사니 같은 인생사

이대로는
포기 할 수 없어서

더 이상은
단념할 수 없어서

쇳덩이 같은
고민을 머리에 이고

돌덩이 같은
미련함을 등에 집니다

가다가… 가다가…
고꾸라진 모양새를

거만하게 서 있는
세상이 가로막으면

세상 가랑이 사이로
숨죽인 채 기어갑니다

그리고 환하게 트여있는
저 하늘을 바라봅니다

가슴에 흐느끼는 눈물도
잠시는 잦아듭니다

딱히 섧을 때면
글로 나를 새깁니다

한숨을 억누르기보다는
가라앉히기 때문입니다.

빗줄기를 여는 새벽까치

새벽 12시 30분
여자는 남자에게 전화를 합니다.
한여름의 장마처럼 칙칙한 가슴에
가을의 시원시원한 산들바람으로
폐활량을 늘려주는 남자에게 전화를 합니다.

여 : "일은 끝났어요?"

남 : "지금 가고 있는데 앞이 온통 하얗네요."

여 : "이런 억수비에 뭐가 좋다고 오세요."

남 : "난 이래서 더 좋은데요."

여 : "좋기도 하겠다"면서 눈물 때문에 말을 잇지 못합니다.

남 : "걱정 말아요. 아무 일 없이 곁으로 갈 테니까…."

여 : "조심히 오세요. 새색시처럼 다소곳이 기다릴게요."

남 : "나 지금 날아가요. 전화 끊어요." 뚜 뚜 뚜

빗줄기를 여는 새벽까치

날아 온대요
까치님이 날아 온대요

여느 때처럼
노래만 들어도 반가운데

이 새벽에
내 곁으로 날아 온대요

훨훨 오세요
내 곁으로 훨훨 오세요

파랑 날개로
빗줄기를 여는 동안

감동한 마음도
다소곳이 열어 놓겠어요.

딱 이만큼은 사랑받고 싶습니다

사람의 취향은 참으로 다양합니다
다양한 만큼 개성 또한 독특합니다

나는 사뿐히 글을 내려놓을 때마다
취향이 다양하고 개성이 독특한
당신의 마음 방에
촛불이 켜있는 것처럼
환하고 행복하기를 바랍니다

커피를 좋아하는 사람에게는
한 잔의 따뜻하고 향기로운 맛으로

술을 좋아하는 사람에게는
한 잔의 옛 추억과 낭만의 기쁨으로

담배를 좋아하는 사람에게는
한 개비의 휴 하는 들숨과 날숨의
여유 있는 마음으로 행복하기를 바랍니다

머리가 아픈 사람에게는
두통약 한 알처럼 맑으면서 시원해지고

가슴이 체한 사람에게는
소화제 한 알처럼 기분이 상쾌해지고

해외토픽의 긍정적인 한 줄의 유머처럼
뱃살이 파랗게 출렁거리기를 바랍니다

나는 당신이 지르밟고 가시라 내려놓은 글을
밤마다 쓰다가 마는 편지처럼
아직도 미완성의 글이나마
당신에게 딱 이만큼은 사랑받고 싶습니다.

배정이 제6시집

초판 1쇄 : 2016년 11월 22일

지 은 이 : 배정이

펴 낸 이 : 김락호

디자인 편집 : 이은희

기 획 : 시사랑음악사랑

인 쇄 : 청룡

연 락 처 : 1899-1341

홈페이지 주소 : www.poemmusic.net

E-Mail : poemarts@hanmail.net

정가 : 10,000원

ISBN : 979-11-86373-53-8